editora Urutau

rua dr. manuel pacheco nobre, 128, 5 esquerdo
2830-080
barreiro (setúbal)
portugal

rua do cajú, 478
jardim das cerejeiras, 06724-015
cotia-sp
brasil

[+351] 928053619 [portugal]
[+55] 11 9 4859 2 426 [brasil]

www.editoraurutau.com
contato@editoraurutau.com.br

[EDIÇÃO]
debora ribeiro rendelli
tiago fabris rendelli
wladimir vaz
[REVISÃO]
juliana palermo
[ISBN]
978-65-5900-484-3

CARTA DE AMOR AO PESADELO

judite canha fernandes

URUTAU
2023

SUMÁRIO

Carta perdida ao leitor de Judite Canha Fernandes

Perdermo-nos é, por vezes, a única forma de nos encontrarmos. Quem o diz é Rebecca Solnit, no seu *A field guide to getting lost* (Canongate Books, 2005), em que a ensaísta explora a poética da deambulação, celebrando a ideia de que aquilo que nos é totalmente desconhecido é precisamente o que precisamos de encontrar, e de que encontrá-lo implica o movimento de nos perdermos. Atravessemos, pois, a aparente redundância dicotómica. Ao fazer a apologia da arte de nos perdermos, Solnit coloca como hipótese para o criador a utilidade prática do desconhecido, esse lugar onde, por definição, simplesmente nunca havíamos estado. O que nomeamos, então? A escolha consciente de deambular sem destino, mas em presença, a decisão de deixar cair o conhecido e adquirir novas familiaridades, a opção de navegar os significados, mais identitários e menos geográficos, nessa incursão pelo maravilhamento do novo. Falamos, em todo o caso, de aprender a usar a bússola durante a viagem de resgate.

Porque parto eu de Solnit, neste meu breve texto — que não sabe se se perde ou se se encontra — para chegar a uma correspondência amorosa? Há livros que desejamos na nossa biblioteca e cuja leitura não pretendemos fazer de imediato. São aqueles livros de que intuímos ter necessidade no futuro e cujo universo antecipamos vir a precisar de frequentar, um dia, pelo que, a favor de um uso hipotético, como refere Calasso, escolhemos deixá-los ocupar já um precioso espaço nas nossas estantes em construção. *Carta de Amor ao Pesadelo* é precisamente um desses raros objetos editoriais que nos permitem interligar, quais observadores de constelações à procura de vestígios dessa relação universal nos corpos celestes — à maneira de Mary Oliver, todas as ideias importantes devem incluir a natureza — o que já sabemos e o que vamos saber. Ou, se quiserem, também eu me apercebo de que não devo sair descalça para "*o amor e o pesadelo/nas estrelas caídas*", ou para o meio da erva de Edith Sodergran, porque, depois da queda de uma estrela, "*tenho o jardim cheio de estilhaços*". (*Duas poetas modernistas*. Lavandula, 2022). Então, deito-me sobre a relva, o coração refletindo no espelho noturno a leitura maravilhada dos poemas da Judite, e apercebo-me de que todas as cartas de amor são deambulações sobre o azul-cobalto, solar e feito de lã. E de como havia já dentro de mim espaço para ser ocupado por estes versos.

Terminada a minha leitura do livro que o leitor ainda vai ajudar a escrever, regresso a Solnit para lembrar que aquilo que desejamos é transformador, e apenas achamos que sabemos, sem sabermos na realidade, o que está do outro lado dessa transformação. Desejo, descoberta, chegada — uma linguagem acerca da qual muitos dos que se perdem são frequentemente ignorantes. Azul é a luz que se perdeu na profundeza e nas bordas do mundo; azul é, diz a história da Arte, a cor da distância, do lugar onde nunca estaremos e que, em todo o caso, poderá não chegar a tomar forma; azul é o tom da cólera em Agustina; azul é o tom da perda e da melancolia. Só possuímos algumas coisas enquanto elas permanecem perdidas, outras não estão perdidas enquanto estiverem distantes. Escreve Judite "eu mergulho nas palavras e deixo-me perder por elas, minha obsessão" e depois, em confissão sobre a primeira recordação, "Mas isso não é uma memória, é apenas uma fotografia." Serão, por isso, objeto e memória irreconciliáveis?

Este é um livro trespassado por violência, como a de um Dorian Gray despedaçando a tela do seu autoretrato, após a qual não sabemos "se ali começou ou terminou o pesadelo". Regresso da tela de Judite a um poema de Mary Oliver que guardei nas minhas estantes, suspeitando, mais tarde, encontrar-lhe par e significado: "*(...) mas apenas aqueles amantes que não escolheram de todo/e foram, como tal, escolhidos/por algo invisível/e poderoso e incontrolável/e belo e até possivelmente/ inadequado —/apenas esses sabem do que falo/nesta conversa sobre amor*" (*Felicidade*. Mary Oliver, Flâneur, 2021). Belíssima maneira essa de ler o mundo que é a escrita, onde num poema se pode conter o infinito contraditório. Mas, se há uma diferença entre o mundo em que vivemos e o mundo em que queremos viver, ela não é meramente uma condição literária. Talvez não exista nada mais urgente do que, como sugere Ken Loach (*Diálogo sobre arte e política*. Orfeu Negro, 2008), inventarmos uma nova linguagem inteiramente ocupada a ser isso mesmo — uma em que, "cegos escavando a superfície do amor", na nossa condição humana, todos nos possamos encontrar, como dizem os poemas de Judite. Um país de Alices "atirando crisálidas em poetas e contabilistas", por oposição a um mundo onde "as grades andam a crescer mais do que as batatas/muito mais do que as batatas" — quem sabe as da Ana Luísa Amaral. Só essa linguagem pode abrir outras configurações de poder e da sua reprodução, inventar inéditos modelos de organização social e novos sujeitos políticos. E, quem sabe, até novas formas de amor.

Minês Castanheira

MARÇO 2023

Escreveste: *"ama meu horror como uma dentada/não deixes escapar mais uma vez leite e mel entre os dedos. (...)/escreve uma carta de amor ao pesadelo"* — e eu escrevi. Pensei em nós, pensei em todos os seres danificados, lembrei Clarice Lispector dizendo: *"Porque eu fazia do amor um cálculo matemático errado: pensava que, somando as compreensões, eu amava. Não sabia que somando as incompreensões é que se ama verdadeiramente. Porque eu, só por ter tido carinho, pensei que amar é fácil"*.

CARTA DE AMOR AO PESADELO

*

Eu só amo. Mesmo quando odeio, amo. Raramente odeio, mas desconfio prodigiosamente. De mim, de ti, do sentido da vida, do crescimento pela viagem, da pausa para refletir, dos gurus e das missionárias, da beleza das pevides (abóbora, maracujá, mostarda). Do girassol, no entanto, não desconfio. Sinto enorme confiança naquelas pétalas pesadas e amarelas.

Tudo o que pensei dizer-te

pensei dizer-te:
vamos deitar-nos por três dias e lamber-nos, comer e dormir.

pensei em levar-nos para dentro de um plátano
curar-nos com seiva
e ímpias flores aveludadas e bêbadas sonhando castelos.

quantas vezes pode viver-se dentro de uma árvore?

pensei:
quando a seiva nos inchar os lábios
e meu país e teu país correrem um para o outro como dois rios
e uma avalanche
sem mortos aconchegados nos cachos de nossos cabelos
em nossos pelos púbicos, línguas e desejos
sem alvos que já nem discernimos
sitiados em palavras e máscaras
poderemos esquecer que somos impossíveis
e amar-nos ternamente.

pensei dizer-te que poderíamos segurar-nos frente ao espelho
como se não víssemos
ser apenas peitos de amazonas
seguros por finas pernas de aves.

pensei propor-te uma casa onde dizimadas
e dizimados
poderiam sorrir.

tudo isto pensei dizer-te
pouco antes desta noite cruel
para a qual não encontro palavras.

*

Na noite em que partiste, estiveste me mostrando o mais belo de teu país. Rimos muito, até os ratos chegarem para nos fazerem levantar os ombros, a calcinha, a camisa. Quando nos deitámos de novo, os olhos fecharam um silêncio que ainda sinto. Tu vestias de preto, eu também. O avião partiu, eu sentei-me numa sala de cinema, no centro da cidade, vendo o primeiro filme que encontrei. Não me recordo de nenhuma cena.

Estava coberta de pó. Pensei lavar-me, esfregar-me com um pano, ligar o aspirador na velocidade máxima. Aproximei-me da ficha com a tomada na mão, quando a porta da cozinha, que tinha deixado mal fechada, abriu bruscamente por uma rajada de vento. Fui rodando. Ofereci-lhe primeiro as costas, a nuca, depois os seios, a palma das mãos. Deixei a tomada cair. Ainda escutava teus pulmões usando meu pequeno estetoscópio. Aquele ar, tão íntimo, correndo como um cavalo.

*

Comecei por amar teu pau.
Via-o duro, na minha mão,
sucumbindo na minha língua.
Tu eras bonito, ainda assim.
Tinhas muitas cortinas
e uma espécie de véu noturno
que observava cuidadosamente
enquanto entravas na sala
com tuas pernas grandes.
Falávamos muito,
todos os dias tínhamos algo para dizer.
Comecei a adormecer com os bicos duros,
ouvindo teu cuspe em círculos:
“Poema poema poema”.

Sobre Alice

imagino Alice de espingarda
atirando crisálidas em poetas e contabilistas

vejo-a sereia
desenhando pequenos pântanos para os pés
um balde de água gelada em cada braço

Alice tem dois corações
ambos desproporcionais
usa um para a madrugada e outro para o passado

Alice
disfarça-se em vestidos laranja angélico

à noite
degola sempre alguém

geralmente grita
— Cortem os canais de televisão por cabo!

— Cortem os prédios com mais de dois andares!
— Poder às árvores e às libelinhas!
— Morte aos liberais!

vejo-a sempre nua
com os lábios molhados

chega do futuro
trazendo pressentimentos.

Ainda sobre Alice

eu te amo, Alice
a bela
a sôfrega
a sã
a que se atira pelo tronco da árvore e abandona a família
a que janta com animais falantes
a louca
a mulher menina
a erótica
a irónica
a que não cabe
a que se encolhe
a história sem fim
as cartas que ditam a morte
as cartas que ditam a vida
o jardim e o castelo
o gato que nunca ri
o tempo
o templo

serás tu quem nos salvará

não a que corre
a que expande e encolhe
a dos dois corações.

*

Amor, não sou um interruptor
que se acende à noite
e apaga ao amanhecer.
É preciso dizer?

Introdução a uma carta de amor ao pesadelo

levo ao colo o teu pesadelo
como vinho e mel nos lábios.
quando tremo
é pelo desejo de engolir-te
— joelhos e dentes
cabelos e unhas.

A subida do rio

Quero subir o rio contigo.
Não Aqueronte, com suas folhas de passagem monumental
ou Pisom, na busca do ouro.
Sequer Sanzu e sua ponte de pedra.

Não quero chorar um rio
quero subir o rio contigo
te encontrar na nascente
como o milagre dos salmões
que contrariam a corrente.

Quero subir o rio contigo
em seu impulso vertical
e marés mais longas
porque és tenaz na fissura dos sonhos
tens mãos plácidas
e renasces no escuro, como as fendas.

Quero subir o rio contigo
porque quando não estás
tudo parece secar.

Poema de amor

amor
põe a mão na minha boca
faz-me rir
conta histórias do teu cão que morreu
deixa-me pousar as pernas a tremer no teu peito
faz-me suplicar, não pares
lê-me um livro para eu adormecer
faz aquela receita da tua avó que cura todas as doenças
diz que gostas de borboletas, vai, e que tens saudade
e se eu chorar, não te assustes
respira a alegria anterior
do riso que virá a seguir
põe aquela música alto para os vizinhos
alucina-me com tua arte e humor alternado
— tu que entras e sais do abismo como as ondas de Janus —
beija-me outra vez naquela livraria
daquela maneira
envia-me um poema de manhã para suportar o mundo
sê feliz onde estiveres

escreve-me aquela carta comprida
tem coragem
e cuida muito bem de teus amores, grandes e pequeninos.

meu amor, acompanha minha jornada pela frase de Clarice
que um dia escrevi nas costas para nunca esquecer
"Liberdade é pouco. O que eu quero ainda não tem nome"
pois não tem nome a terna iniciação
percebi a serena estupidez e o secreto prazer
com que nos assombra Sísifo, a Fénix, ou a reencarnação
somos assim diminutos perante a proporção do mundo
só nossas pestanas permanecem sensíveis
ao bater frenético das asas do colibri
as grades andam a crescer mais do que as batatas
muito mais do que as batatas
cuida de mim
eu mergulho nas palavras e deixo-me perder por elas,
minha obsessão.

nunca te esqueças dos pássaros
e entra em casa. tens a chave.

O corpo

na fenda de te-
rra húmida quase
negra, es-
cura, de
        grossos grãos
um
corpo
guardava
a te-
rra
o ven-
tre

os extre-
mos das
raízes
trocavam
os dedos
de

madeira
insectos   conchas
e laboravam
as asas
dos frutos
      e das abelhas.

no corpo
     a ameixa
o suco
     a sede.

o cor-
po
com sua
decom-
posição
e cin-
   zas
     de mar
gra-
inhas
      e sementes.
os sonhos

sua
corrente contínua
de vazio
deslumbramento
e abertura
com suas
lu-
tas
grandi-
osas
e pequenas
doenças.

Carta de amor ao pesadelo

mesmo as borboletas   pequenas lâmpadas sabotadas
precisam de sangue para furar a carapaça

tu és o sangue das lâmpadas

afago-te e escrevo:
— as árvores abrem a partir do centro
— a Fénix é o amor

procuro imaginar como é para ti   o pesadelo
se o sentes quando se aproxima sibilando
se o sentes
o amor e o pesadelo
nas estrelas caídas

Sete métodos para matar um amor (I)

Se eu fizesse o movimento final até o quadro, se o despedaçasse, a tela e a moldura em pedaços pequenos, a maldade tomaria conta de mim, e talvez já não conseguisse voltar. Percorri o corredor acelerando cada vez mais os passos, cheia da maldade e da raiva, várias vezes, até o coração deixar de martelar-me os ouvidos. Só então pude chorar. Não sei se ali começou ou terminou o pesadelo.

Poema da ira

o mago usou minha cabeça, minha casa e meu amor
para misturar azul-cobalto com amarelo ocre.
estendeu-se no meu ventre como um ovo e pediu leite.
bebemos.
um dia, fez de mim uma bolinha de papel
e atirou-a contra o meu rosto.
conheci um pouco de minha e sua maldade entre o verde
que escorria.
deixou-me sozinha com minha máscara, urdida num sorriso,
buscando os batimentos de minha mãe.

o mago disse que deixasse de escrever
e me dedicasse à política,
onde estavam as pessoas viciosas e mesquinhas, como eu.
que assim eu iria mais longe.
esqueceu que não desejo ir longe,
desejo apenas participar no princípio do mundo.
disse que orava pelo despertar de uma dimensão maior de mim.

vejo a sombra se estendendo no seu interior de sombra.
consigo escutar o vento serpenteando
entre as muralhas do castelo.
vejo as nuvens rosadas saudando a noite.
pressinto que amanhece antes de meus olhos abrirem.
serei menor?

quando pedi que saísse
chamou-me chantagista, ressentida.
explicou-me que minha responsabilidade
por ele se sobrepunha a meu cuidado de mim.
o mago é muito inteligente e sabe explicar muito bem
como não entendo.
tem jeito para apontar os erros com seu dedo indicador.

somos ferventes de falhas e outros tantos acertos,
o cosmos é vasto, e nós apenas o vazio.

dizem que o mago é pessoa muito sensível,
apenas comigo, como o pássaro que vem trincar
o bolo a minha mesa, voou vociferando impropérios,
esquecendo que um dia fomos amigos?
em minha ira, esqueço suas circunstâncias,
esqueço o amor,

esqueço-o,
renasço valquíria vingadora, minha Alice,
quero cortar-lhe a cabeça, a sua cabeça metade:
"metade é bom, metade é plácido, metade é suficiente,
há um oceano." idiota.

sonho que ele não dorme e virá entre as árvores pedir perdão.
continuo escrevendo, farei do mago um poema triste.
um poema para a beleza que mergulha no esquecimento,
um poema para desesperados ensaiando sucessos ao espelho,
reféns dos pelos da puberdade,
um poema para curar-me de pessoas que maltratam,
e de mim.

costumava pensar nele cada vez que via uma borboleta branca.
um cão salta, procurando mordê-la.
eu repito o poema do Brecht "você é um idiota",
sem saber se o recito para o mago ou para mim.
ele não é todos os homens, eu não sou todas as mulheres,
mas repetimos, convulsivamente,
cegos escavando a superfície do amor,
a humanidade.

Sete métodos para matar um amor (II)

expulsa-se um amor como um parto. com as pernas abertas
libertando sangue, excremento e vida.

mata-se um amor vivendo
e muito mais não há a dizer.

Carta à minha primeira memória

Não faço ideia por que estás ali, de cócoras, mas cada vez que o recordo, esse parece-me um detalhe importante. Pergunto-me por que vais para o cimo da cisterna, por que queres estar sozinha, ou passas ali tanto tempo. Desde sempre, juntas, e continuas para mim um insondável mistério. Parece-me que não pensas nada, que tens a mente apagada, que só desejas afastar o ruído e escutar o nada. Não fazes ideia do que virá. És o céu, a cidade que se vê dali, o mar ao longe, as bananeiras do quintal do vizinho. A cisterna é um cubo de pedra do tamanho de um quarto que, pelo menos que saibas, nunca teve água, apesar de ser essa a sua função. Talvez já vejas nisso uma metáfora que poderás observar muitas vezes. Não apenas a inutilidade de objetos que não são ornamentos, ou a utilidade de uma paisagem, mas a existência de formas pétreas, muito maiores do que tu, para onde sobes pensando ali ver o nada. Escutar o nada, ver o nada, ser o nada. É essa a memória que posso resgatar, a do teu corpo vazio com umas calças puídas vermelhas e uma camisola azul de lã. Do cabelo muito liso, cortado em torno da cabeça como um ovo. Do perfil do teu rosto que se inclinava até doer o pescoço, para veres tudo, para depois retornar. De vez em quando ouvias o porco lá embaixo, tentavas não te afeiçoar, pois ele seria morto em breve. Não me recordo de que gostavas, além de livros, de nadar e de comer algumas coisas. Malassadas quentes molhadas no mel, pedaços de bacalhau queimado no fogão, bolachas com demasiada manteiga. Numa outra imagem, estás no topo de um sinal de pedra, no topo da montanha mais alta da ilha. Mas isso não é uma memória, é apenas uma fotografia.

Se quisesse contar-te de mim, de agora, não saberia o que dizer, teria até algum pudor. No outro dia, vi uma placa onde estava "antes de morrer quero", e por baixo tinha um espaço que se podia preencher. Amar plenamente alguém, ser por essa pessoa plenamente amada, (amada, amada, amada, em triplicado, que é como eu amo), foi de que primeiro me lembrei e, a seguir, não ter de me preocupar com dinheiro. Pudor, pois saberias como são prosaicos os meus desejos. A vida, além disso, tem-me oferecido tantas coisas, algumas extraordinárias, não tenho queixas. Falo, portanto, do que nunca conheci, do que ainda desejo viver. Recordo isso, lembro-me de ti sozinha no cimo do tanque de pedra, escutando o nada, e volto a pensar que esse é um detalhe importante. Lembro-me também de que eras ágil e de que nosso corpo sempre foi esguio, com pele macia.

Depois, tu és um cisne, ainda tens seis anos, estás ajoelhada a olhar o céu, e eu, deitada no teu colo, pergunto-te:
Esta pena, onde se coloca? Está bem, aqui? (aqui, é certo, as linhas são cálidas, têm aberturas)
Poderei, no longo inverno,
quando tirito de frio,
ter-te como se têm os irmãos ou os amantes?
O patinho feio, arrastando as patitas na neve, dentro do meu livro pequeno de capa dura, encontrará uma casa?
Poderei alguma vez escutar o colo da noite,
o colo, mesmo?

(E tuas asas não têm peso,
E minhas asas não têm peso,
e tão belas, as nossas lágrimas, minha querida.)

É possível não paralisar na ânsia de acordar?
Poderei não me afogar antes de uma primavera que nunca conheci?
Não segurar meu desfalecimento antes de me desfazer?

(talvez a pele dê a bússola de tudo.
talvez céu.
talvez pedra.

malmequer.
bem me quer.
roda da fortuna. torre. carruagem.
lua. sol. imperatriz.)

Tu respondes, metendo o bico em ti mesma, entre as penas brancas:

— Se queres a infinita metamorfose do teu corpo, terás de abandonar:

— a casa mágica onde te escondias;

— um palco onde exibirias como és amada;

— a vida e a morte dos fantasmas;

— o medo do monstro que morava na casa no cimo da colina, que, dizia a tua avó, viria levar-te se não acabasses o que tinhas no prato;

— Levar para onde? — Nunca chegaste a perguntar

(talvez a pele dê a bússola de tudo.
talvez lua.
talvez sol.
malmequer.
bem me quer.
roda da fortuna. torre. carruagem.
lua. sol. alta sacerdotisa. mago. estrela. arte. tesão. louco.)

Terei alma?
Será ela sensível às repetições nos círculos das máscaras?

Só então, minha cisne, te sentarás na água do tanque.
E este abrirá seu telhado de pedra,
fervente, fervendo, no sol.

Tua,
Judite.

*

Ele segurava a boceta dela,
tão cândido,
o bicho.
Ali ficava a boca dela.
Seus lábios,
sua língua,
seus dentes.
Ele falava, em língua de cão falava
de gato,
de peixe.

*

Alimento meus fantasmas pela boca às apalpadelas.
procuro-os pela noite
e alimento-os cuidadosamente com as minhas obsessões.
Coloco a mão nas suas pequenas bocas
enfio os dedos nos seus lábios etéreos
e crio novos fantasmas
filhos e bisnetos cada vez mais assustadores e tentaculares.
Eles perturbam meu sono, sibilam um a um
os nomes de meus falhanços
sopram meus lugares inseguros.
Tirito de frio enquanto descrevem as maquinações elaboradas
de como irão derrubar-me.

Ao escutar os fantasmas dançar
pouso as mãos nos umbigos dos outros e
vou adormecer. O vento norte para de assobiar e deita-se.

Os umbigos dos fantasmas são sólidos,
cheiram a calêndula, a cara metade, a máscaras.

O umbigo do vento norte é um vício.
Os meus defeitos são vícios.

Minha louca aconselha meu louco
fazemos uma festa com nossos cabelos cansados
“cada fantasma tem seu próprio veneno, deixa-os,
para que possamos morrer
para que possamos viver.”

*

Irrita-me as silvas cravarem espinhos sem qualquer explicação. A pergunta "é perfeito?" é sempre seguida de silêncio, olhares baixos por vergonha de uma pergunta demasiado triste. Meu amor diz "é longa a insónia do universo". Eu respondo "também a das estrelas, e vê lá, ainda cintilando". Consigo ver os fragmentos de sua beleza — não os consigo unir. Os próprios fragmentos movem-se, eu movo-me, vejo-o assim, como uma espécie de sopro. A única forma de adentrar um coração é dizer-lhe "A superfície é somente a ténue cobertura do oceano". Amor, não deixes os espinafres colados no tacho, não descasques as cebolas junto aos meus olhos, vem brincar nas minhas pernas, as flores secam na garganta como uma garrafa de gás. Não acendas o fogão disfarçado de poeta sensível.

Queria ter adormecido no interior de minha mãe. Ainda ontem, alguém explicou-me que o som no útero é semelhante a uma máquina de lavar roupa. Que o coração nunca se cala, que roda noite e dia, que o sangue é a água dos rios a bater contra as paredes.

Eu estava espojada na cama lendo um livro. Um homem magro lambia-me a boceta, e um outro, de joelhos no canto da cama, chupava-me o dedão do pé. Na cabeceira, uma mulher de cabelos muito brancos fazia-me festas no cabelo e de quando em quando mordia-me com delicadeza o lóbulo da orelha. Eu parecia alheia, ausente dali, mas de quando em quando mordia os lábios. Imaginava-te fazendo amor com outra mulher, lambendo os seus lábios para a fazer gemer, enquanto me olhavas, amavas meus olhos, meus sonhos, entravas em mim.

Poema de Domingo

Amo minha solidão mais do que a meu amor.
Quando meu amor se vai
cumprir seus horários e despertar as gaivotas com seus olhos,
ela fica comigo.

Eu,
    toda eu,
minha longa luz de inverno aquecida a bicos de gás,
só sou com ela.

*

Era de manhã e fazia frio —
a varanda anunciava o fim do verão,
eu tinha as mãos encostadas às grades
e um leve assobio nos ouvidos.
Chegara mais um fantasma,
eu ainda mal abrira os olhos.
Parti a uva com os dentes,
os olhos do fantasma desfizeram-se no moscatel,
o bago preso entre os lábios.
Repetia,
esquecimento e paixão,
esquecimento e paixão.
Além de nossos fantasmas,
convivemos com os fantasmas dos outros,
e os fantasmas dos outros não avisam,
os fantasmas dos outros vêm em bandos,
os fantasmas dos outros incendeiam goteiras,
encharcam os livros,
metem os dedos nas minhas uvas.

Não sabia o que me tomava,
se mais uma estranha abertura,
se um cansaço infinitamente fatigado,
tão ausente que me desligava.
Fui buscar o pão,
com as mãos de Deus multiplicadas
segurando-me os seios:
Disse — Vai e Pergunta:
"De que porção do meu corpo gostas mais?"
Vais dedicar-te a meu corpo de anjo e puta
com minúcia abandonada,
ou desejas de mim mais uma fantasma,
a quem escreves poemas sem morder o pão e a manhã?
Escreverás algum poema pensando em mim antes
que eu morra?
Estas últimas perguntas não me foram sopradas por Deus,
apenas já é de tarde,
e não há hora onde a pele esboce pergunta mais definitiva
do que aquela em que o sol se deita de bruços.

*

Eu não gosto de artistas.
Nem de suas bocetas lacrimejantes
nem de seus paus de ostras
pingando versos de línguas.
Acho-os macambúzios,
errantes,
lúgubres pavões,
doadores de doenças sensoriais de frangos.

Tem um, no entanto.
Há sempre. Um.
Um lírio que roubou os olhos à noite.
Fica enviando poemas
como se pagasse nosso casamento
com o porte de lágrimas do oceano
— mas eu lhe perdoo.
Amo poetas e loucos,
não artistas — abóboras, como eu.

Um dia, devolvo.
Um dia, lhe digo.
"Nos curamos.
Curamos um ao outro e
nos curamos sozinhos.
Nosso cheiro de canela
se move,
e o mundo é tudo o que se move
e o que não se move também".

*

Cresci sem memória, como se tivesse apagado a infância
e ela permanecesse,
secreta e estonteada,
entre barras de metal e açúcar.
Atravessam-me como uma estranha,
em mim incrustadas por misteriosas forças,
e seguro o limite da tempestade como os símios saltam
entre árvores nuas.
As calmarias precedem a derrocada dos elementos,
meu corpo resvala para um ápice que não consigo nomear.
Como não consigo nomear Deus, meu sexo,
e outros intangíveis.

Identifico dois ou três traumas que terão atirado meu tempo
numa outra direção.
Nunca me pergunto como teria sido,
uma vida apenas feliz.
Não sei se seria outra, se não teria medos,
mantenho esperança num lugar afável onde sorrirei,

como essa menina sem rosto face ao gozo,
à morte e ao fim do mundo.

Por vezes imagino ser talvez o mar.
O mar sem orla,
sem costas, curvas e penhascos,
banhado somente por estrelas miudinhas em forma de peixes
e tesouros e naufrágios.
Mas serei provavelmente um rio.
Os rios também são tempestades onde chove.
Os rios também absorvem o lixo, as raízes,
as trombetas que anunciam a foz mais além.

Para onde corro? Por que corro?
Que entrançado de discórdias
e dever move os meus membros,
apenas o hábito,
o respirar entrecortado das multidões que me cercam?
Alguma obscura prova, a garantia do gás e da luz?
Peço a inversão completa do meu movimento,
até uma forma de estase
extática,
êxtase,
suspensão do elástico tempo até somente vibração,

o rio adormecido.
Diria: agora como, agora durmo, agora beijo.

Por que me engano?
Fujo do milimétrico instante em que nada corre,
observo o desenho recortado do teu lábio superior,
divago.
Acaricio o divã onde me estendo.
Aguardo o mergulho,
fantasio a água húmida e límpida do lago,
vibrando à chuva.

A parede perfurada

Há buracos monstruosos na parede do meu escritório.
É a parede que dá para a frente da casa.
Entra por ela o fado corrido da vizinha nas manhãs de sábado
batendo nas crianças com a boca,
a chuva a bater no empedrado com o seu murmúrio
de adiamento,
a igreja que toca lá em cima chamando os fiéis.
Encontro o desvio das coisas naqueles buracos azuis,
nas tintas plenas do afadigado descaimento,
na ventura de segurar o rosto com as mãos.
Depois adormeço, ainda acordada.
No lado das coisas adormecidas,
sorvo a ladainha que se forma na boca,
encontro as palavras que verto.
Tenho na boca uma ponte brumosa
que se deita com as passagens.
Estou tranquila e acolho a estranha aparição.
Nem preciso dizer, "fica, fica, fica comigo". Não preciso, dizer.
Ajoelho-me, os cabelos translúcidos espalhados no chão,

os emaranhados de minha seda entre os dedos,
e agradeço.

*

O meu corpo definhará antes do teu,
eu sou velhíssima,
tu és só antigo.
Os meus membros anoitecem,
pequenas corças selvagens mirando o espelho,
o tato compondo o corpo que se desfaz.
Serão sempre felinas as minhas pernas,
os meus olhos sentados no escuro se estreitando,
adivinhando tua montanha ereta de braços espantados,
as tuas conchas de adivinho do oco.

As belas flores amarelas

Quando volto a casa
depois de uma longa ausência,
trago alguma ansiedade no corpo.
Tenho pressa em provar o pão,
tirar os sapatos, fazer jorrar as torneiras,
encontrar na varanda a mesma luz
que em outro dia me afagou.
Desfazer, reerguer, descascar as paredes, as prateleiras,
os meus braços de pele centrífuga,
vigiar as plantas como uma amante enciumada
que finge contar pétalas.

Minha casa são as dançarinas de oxigénio,
os corredores macios e íntimos,
a volúpia magmática do acolhimento das sombras.
Minha casa é minha íris espantada,
minha tosse equívoca,
o forno onde seguro os batimentos.

Sinto-te entrar em minha cama pela noite,
a meio de um sonho que me despertou.
Trazes as tuas pernas quentes,
cravam seu arco nos lençóis,
tu também te agitas,
a respiração junto ao meu ombro,
soçobrando.
Por engano, terei colocado a manta mais leve,
mas está nascendo o outono,
há algum frio tombado nos lençóis.

Dou-te de mim a receita mais simples:

Quando me vires na janela,
frente a tua casa,
tira aquela pétala seca do nosso vaso.

*

Você me negou num cemitério.
— Quem é ela?
— Ninguém.
Os mortos vieram assombrados
lançar as suas garras
em você.
— Quem é você?
— Ninguém.
Vivem os mortos.
Vive o sal no meu rosto.
Vivem os seus olhos de prata.
— Despoja-te, meu amor.
Naquele cemitério na beira da estrada,
alguém plantou uma árvore contemplando as sementes
que caem dos aviões.

*

Irmão, vem na minha boca
escorrega no meu lado esquerdo
estou me contorcendo na minha blusinha branca
sendo enviada para ti. Irmão,
traz as tuas bombas nos lábios
vamos às rosas
eu pego os dedos, te ofereço em pão.

*

Duas folhas buscam
cair

uma folha
outra folha
o vento

A matriosca e o icebergue

Um dia, alguém disse que tu eras um icebergue
e eu uma matriosca.
Diz a lenda que as matrioscas são uma visão
dos sete deuses da fortuna
ou a loucura de um artesão sem ninguém para conversar.
Todos os dias ele perguntava à boneca, antes de se deitar: "
Estás feliz?".
Ela respondia que sim, ele adormecia.
Até que um dia ela disse já não estar feliz.
Queria uma filha. Assim nasceu Trioshka,
e depois Oshka, e assim sucessivamente.
Em cada noite, uma pergunta gerava um dilúvio.
Os icebergues são blocos de água doce no meio do sal
paridos por Iemanjá num dia de calor tremendo.
Trazem no seu interior outros corpos, animais e fósseis,
e com eles navegam, enquanto a sua massa
segue crescendo, toda escondida pelo mar.
A superfície de ambos é o eco que nunca se encerra.

Eu sou o olho de madeira rodando no oceano como uma pêra,
centrifugando cada pedaço de plástico,
multiplicando cada pão num novo pão,
até a boneca menor — a única que não é oca,
a única que não prolifera.
Tu és o inundado, belo e escorregadio,
o da boca molhada pela noite,
o que vagueia pelo oceano.

No oceano, só há silêncio —
os peixes emitem bolhas, as algas fumam.
Observamos a escuridão abissal a partir do telhado,
buscamos a incidência muito particular da luz onde o opaco
se esvazia.
Eu te guio com florescimentos,
tu me guias entre as redes de arrasto.
Nos movemos lentos, como as barbatanas.

(Cada vez que se move,
uma barbatana avança mais de mil pés —
deixa na água as imagens esculpidas
pelas mãos que mergulham.
Toda poeta, todo poeta, é um mergulhador.)

Subo minhas meias de renda de boneca até à coxa,
deixo o sol subir pelos joelhos,
vou dizendo:
— Não há cidades nas ondas.
Podes deitar-te entre as minhas pernas
e trazer os cavalos.

Projetados numa parede de terracota,
a forma brusca de um icebergue
e uma matriosca molhada.

Um jardim a teus pés

O gato preto atirou-se a meus braços:
"Amada, dizia, ama-me.
Ofereces-me uma orquídea?
Um vasto pasto de pão?
Atravesso a noite. Tomas-me?"

Refletido nos olhos do felino,
um jardim despontava
entre meu ventre de grávida com ferida bruxuleante
nos sonhos.
O gato brincava com os vasos,
sentava em minha poltrona,
mexia em minhas ancas inquietas.

Os lenços procuravam pousar as lágrimas na relva,
inchados de sono e de vento,
as árvores eram regadas por umas mãos em concha
buscando repetidamente a água numa banheira de plástico.
Nas namoradeiras, dois pés de fruto habitavam o jardim,

expeliam sucos sobre a pedra da memória,
procuravam fecundá-la enquanto dormiam.

Teus pés comestíveis, as colinas, meus antebraços finos, dois gomos de laranja abandonados por alguém, os sucos de todos os frutos,
a nossa cama.
Meus pés entrando,
conversando com o silêncio,
as algas e os cavalos marinhos,
árvores e corcéis,
trocando dicas de futebol com a bola amarela, segurando-a só com um ombro, como Saturno.
Todos os livros, o livro, a delícia da água cobrindo o polegar,
aquela abelha fazendo amor com uma pétala aberta.

O sino da igreja era agora uma menina sombra
envolta em luz,
teus dedos roçavam os meus,
nossos ossos estalavam.
Talvez não tivéssemos as asas preparadas,
mas ainda assim iríamos,
entrávamos no jardim deserto.

CANTO DO DESEJO

*

lembro-me de que faltavam-me os corpos, de que os dias passavam demais e de já não conseguir lembrar-me se era sexta, terça, ou domingo. lembro-me da sensação progressiva da água, ora impelindo-me a mergulhar, ora a cabeça à tona, por vezes os lábios, outras o nariz. era raro emergirem corpos inteiros.

lembro que queria muito mover-me, morar no campo, possuir a sombra de uma árvore. que o tempo tomava a peculiar consistência de um movimento paralisado.

lembro-me de sentir o ataque mas não poder definir a ponta da faca. podiam até ser as nuvens, pois em muitos dias chovia miseravelmente, e mesmo o verão teve uma cor solitária.

comecei a ouvir que Júpiter e Saturno aproximavam-se e pude ver as pequenas mãos dos planetas nos observando.

quando acordei do sonho vi, ao longe, a água começar a fluir. mas não era isso que estava no sonho. no sonho, as pessoas eram todas pequenas lagartas, e um desejo existia.

A época das avalanches

Acontecem quando nada treme, mas tudo cai.
Quando cada ser,
no seu percurso fustigado por revezes e intempéries,
se desintegra em flocos
e fica buscando pela noite a ponta dos dedos,
a mama de Deus,
a gruta iluminada e quente
onde outro coração lhe indicava:
— Estou aqui. Podes sair.

Satellite of love

trazia para a barca um camelo, uma joia e um cacho de uvas,
abria os braços ao pequeno pó solar
do azul,
adormecia.
os rostos amados, a longa jornada,
inexplicavelmente translúcida — sorria.

tantas vezes nos cruzámos em bifurcações extintas,
fogueiras onde nos acendemos
e milagrosamente não fomos incinerados.
vossas mãos, minhas mãos,
nossas mãos,
olhos e colares de nácar e travesseiros.

minhas amigas, meus amigos,
soltemos pelo mundo coisas cálidas
enquanto navegamos o rio —
tantas vezes morremos,
somos inextinguíveis.

*

evito a realidade com os seus olhos escurecidos.
evito-a por por proteção aos sonhos,
os sonhos precisam tanto ser protegidos.

apenas três perguntas me ocorrem quando penso nela,
a realidade:
que diferença faria a Sísifo empurrar a pedra com os pés
e as mãos acorrentados?
que mudaria se estivesse a ser filmado?
se nunca recebesse ou sentisse amor?

há um pássaro na gaiola da primavera, dizia Van Gogh
e ele pintou os girassóis mais azuis.

o tempo que demora abrir uma flor, disse meu pai.

Para minha filha

Tantas vezes entrei no mar
e te vi nascer repetidamente.
Surgias a acalmar as águas com a tua forma desconhecida
e a tua oferenda de fruta equilibrada na moleirinha.

Mergulhava,
acariciava a minha pele
como se *tu* fosse *eu*.
Seria capaz de abraçar-te quando rebentasses
as minhas coxas?
Gritarias?
Mergulharias no mundo cantando,
soprando bolhinhas ao ritmo das suítes do Bach?

Eu seria uma outra espécie — Judite, Mãe, Canha, Fernandes.

Gritei para anunciar a notícia.
Gritei buscando a linha estreita entre o medo louco
e a louca alegria.

Eras o tempo e o lugar,
e o lugar era uma uva.

Teu pai beijou-me o umbigo
querendo descobrir o mistério.
Gravava as ondas, gravava as ruas,
anunciava a tua pequena mão
fixando-a em água e poeira.

O teu peso afundava-me delicadamente,
somente a boca emergia na espuma,
ainda assim, ainda assim, respirávamos.
Trauteava teu nome
"teus olhos são verdes, teus olhos serão verdes."

Escurecia, e tu eras a manhã seguinte,
todas as manhãs seguintes.

Sabes, dizem que somos setas ao vento,
e eu não controlo o vento
e nunca soube atirar coisa nenhuma
(desconfio que teu pai também não).

Por isso te escrevo,
minha estrela desenhada por um vaga-lume,
para dizer-te que em minha cabeça aluarada
tu acalmas as águas com a tua voz sem tempo
e meu corpo acredita.

Das mães

quando nas mães o sangue
que escorria por suas pernas
começa a correr por dentro
das florestas das favelas
dos bairros e dos aquários

quando escutam os gritos
das baleias e das multidões

todas sabem
que nas velhas tempestades
talvez algo novo
possa soprar ou se afogar

quando eu fui uma mãe
pude escutar o breve silêncio das máquinas
e sentir penetrar na engrenagem
a gota de óleo e a pequena pedra
que acabara de ajudar a viver

e soube que um dia cortaria batatas
e atiraria pedras e escreveria poemas
com a delicada força bruta de uma mãe
que procura ensinar as crias
a brincar com o vento   a música
os beijos   e as espingardas.

Prece

a morte, em seu impassível desatino
diz teu nome com calma.
sua voz sibilada
colhe cálices e memórias
enquanto trememos nos copos de leite.

solta os barcos, lá longe, presos no gelo,
meu pai.
pinta, com tuas mãos azuis,
a entrada do inverno.

ouço ao longe o ressentimento dos vulcões
e das famílias pobres   sanguíneas
quiméricas
como nós
pedindo de novo a vida.

ouço a água.
meu pai, há tanta água.

Para minha mãe

esquecem sempre o nome de minha mãe,
tenho a todo o tempo de lembrar.
minha trisavó não tinha nome.
havia nela essa espécie de esquecimento
calcado por muitos pés
em seu ventre de deusa.

tinha os braços de uma amazona,
e Vénus, em sua escura boca, enlouquecia catos e rosas.
suas pernas longas, ao trabalhar no engenho,
usavam o arco de Ártemis
para nunca se dobrar.

em seus seios Nuit dava de beber ao mundo
e como Tétis, passeava numa concha de marfim,
para calar os soldados e os chicotes.

numa longa noite, atravessou o oceano
com uma semente, só uma.

ainda hoje, é Iemanjá quem traz o peixe para nossa mesa.
foi na viagem que me contou, apontando para sagitário,
que um pouco de Mnemosine tinha ficado em minhas mãos
e que devia escrevê-las,
pois as palavras seriam meus fios de lã.
eu sou Judite, de mim, Canha, de minha mãe,
Fernandes, de meu pai.

Kali, manchada de sangue,
lembra-me sempre que a vida é passageira.

Abril

já estivemos apaixonados
por tua longa cabeça de orquídea
e pelo banho de gozo
de tuas construções aéreas.

abril
acho que nos esquecemos
das ruas sem vigia
da tua coragem.
dos corpos loucos   invencíveis
de astronautas apavorados com a carta astral da libertação.

entre nossas mãos de areia,
o pequeno umbigo de mareantes
que por um breve dia   fez corar de vergonha
todas as espingardas do mundo.

Abril II

Éramos crianças brincando em escolas públicas
com livros proibidos reluzindo nas mãos
plantávamos cravos de folhinhas franzidas
e tínhamos arrepios de prazer ao som da pílula.
Podia ver no meu desenho pintado no chão da praça
mexia nas tintas e não importava se as sabia utilizar.
Eram sempre dias de sol quando íamos para a praça
havia um cacho de pessoas abraçadas sobre um tanque
onde minha avó tinha lavado roupa e aprenderia agora a nadar.

Primeiro de Maio

quem faz o mundo rodar são as mãos.
são as árvores quem o deixam respirar
e os rios quem cuidadosamente o lavam.

não é o dinheiro
nem o ar-condicionado
nem os detergentes.

Atos avulsos para matar o trauma

suspender o tempo e repousar as mãos.
segurar com lenços finos os mortos nos braços.
fazer terra.
tocar nos lábios com cuidado.
perguntar-se diariamente como depor os abutres.
lavar as mãos.
estudar cuidadosamente a Fénix.
aprender a dizer as palavras simples.
água. gosto. de. ti.
reencontrar uma música ou uma batalha
onde pudemos chorar.
ouvir um pequeno buda dizer seu nome.
corpo arco-íris indestrutível.
repetir.
perguntar às crianças o que acham dos patrões.
interromper as estradas, os idiotas e os aviões.
fazer milagres e atos gratuitos de repercussão infinita:
plantar bombas

respirar
e
— exatamente ao mesmo tempo —
pôr todas as fichas no amor.

O apagamento das luzes

Escuto os eletrodomésticos e seu barulho regular
de partir os pratos
ao som da roleta-russa.
Lembro-me das mulheres muito tristes
que passeiam infinitamente os cães,
dos homens infelizes achando que um dia foram heróis
e da amálgama dos julgadores aterrorizados por seu espelho
mijando as calças enquanto atiram ao alvo.
Sabemos, mesmo que secretamente,
que a falha sempre se reergue.
Lembro como no mar, a partir dos vinte metros,
não há luz.

Gravitas

Tenebrosos os soldados.
Os grandes e pequenos soldados
que nos olham da pia da morte
organizam as fileiras
com suas fardas meticulosas e rígidas
e sirenes a deambular pela noite.

Canto do desejo

quero estar   daqui a dez anos
numa casa entre as árvores.
ainda existem abelhas
que distribuem as flores pacientemente
entre todas as aves.
um mamífero, uma taça de mel e sal.

oceanos cheios de peixes e livros
guiam as embarcações e as naves.
a última levou para Marte
o que restava de armas e ressentimento.

eu ainda acredito nas pessoas.

as dívidas foram pagas pelos bancos às gerações de dizimados.
quando tentaram incendiar as florestas,
os grandes rios enforcaram as divisas
uma a uma.

para troca
há sonhos
pesadelos
e a memória das tribos que tentaram matar.

araruna é um tipo de arara azul
ararapiri, outra arara
e araraquara, toca das araras, é dia, sol e luz.
todas existem no cocá de cada indígena.
por vezes voam e deixam o mundo para trás.

durante toda a noite
a mulher mutante
cozeu um bolo de milho sobre as brasas.
invocou as bruxas, as deusas e as imigrantes
e liberou finalmente a fruta e o leite.

o amor deixou de estar
nas mãos das más memórias.

não existem cadeias nem farmacêuticas. para que serviriam?
atravessámos a grande peste.
teremos aprendido algo.

cantar entre as paredes
revelará o persistente mergulho da cura
e os limites da transfusão do impedimento.

mesmo que hoje só ande cem metros
em redor de minha casa,
tenham fechado os jardins
e proibido os abraços,
este é o canto do desejo
e jamais se quebrará.

A noite

A noite já não descansa
prepara apenas meticulosamente
o dia com grandes formulários.
A noite foi engolida por selvagens burocratas e um piolho
fazendo contas em calculadoras pequenas.
A noite foi enegrecida pelos bastões

tudo isso faz a noite cansada e fria
embaciar as janelas.
Hoje passaram três carros na rua.
Uma carrinha armadilhada da polícia
com grades de arame farpado
um carro cheio de fiscais da câmara
com coletes psicadélicos
e um homem que arrastava um carrinho de compras
quadriculado atrás de si
dirigindo em minúsculos passos a eternidade.

Os campos

meu amigo tem cravos na sala
e um prato fumegante de arroz de couves
que colhe atrás da casa.
tem um espeto longo de ferro
que encharca a lenha de fogo
e me embala ao adormecer.
a gata estica-se ao lado da minha cama
o cão abana as orelhas lá embaixo
geram tumultos leves no silêncio.

são tão altas as suas árvores
o cheiro do vento gravado nas estrelícias e nos cactos.

*

Vislumbras a trémula superfície
a versão adoçada
as nobres intenções.
que preferes, perguntas
— e já tanto escavaste para ouvir duas ou três palavras,
explicações —
que preferes, repetes, apenas a trémula superfície
a versão adoçada
metade, coisa nenhuma?
Isso basta-te?

Dicionário breve dos fascismos

Cala-te.

*

Congelei o pão, pois vai faltar.
O pão e o belo riso adormecidos numa gaveta de plástico
e símbolos,
para quando sobrarem os lábios.
Chamo minhas amigas e meus amores para dentro de mim,
pois tenho frio.
Noite, onde o amanhecer se fez
crepúsculo,
leva tuas flores ressentidas para longe,
para o lado do que não virá.
Temos medo,
não somos embrulhos de veneno,
ainda não somos somente oferendas para a morte.
Nossas filhas e filhos ainda nascem, seus olhos em contraluz,
sorvendo com suas boquinhas estonteadas
mel e fel
o paraíso.

Pelecrã

Lembro perfeitamente o dia em que a pele começou a migrar para dentro do ecrã. Primeiro os folículos dos pelos, chupados, depois a polpa do polegar direito desfazendo-se como cola cada vez que o tocava. Dissolveu-se a textura de almofada do dedo grosso, que em seguida foi absorvido pelo vidro.

Quando o bico do meu seio direito atravessou a tela, perdi subitamente meu leite. Chorei muito, também porque me doeu minha aréola amassada por todos aqueles dígitos. Quando me chupou o coração, quase desmaiei, tremendo. Saíram muitas palavras nessa hora, palavras de entrega e horror. Fiquei observando minha conversão e vi-me ajoelhada, os ecos em meu torno como um zumbido. Pedia que tudo aquilo fosse menos voraz. Embora o tempo estivesse imóvel, parecia ter deixado de existir um plátano.

Minhas costas foram as últimas a serem dissolvidas. Ficaram paralisadas na imagem fixa de uma sombra, nas traseiras obscuras do que teria sido uma casa. Podia ver um pessegueiro ao fundo, os detalhes aveludados da película do fruto, mas não conseguia cravar os dentes entre seu odor que se desfazia.

Ode ao medo

O medo é uma alma velha
com pés cheios de grainhas,
uma vinha de goma arábica.
O medo desfaz corações por entupimento.

O medo é o pesadelo anacrónico do desejo,
a abertura destruída por antecipação.
O medo é ranzinza, oleoso, histérico, gelado.
Nunca uso medo ao domingo. Buu.

*

Ainda não somos anjos, nem santos, santas ou estátuas,
erramos, perdoamos, lamentamos,
em alguns dias banhamo-nos no rio,
lambemos a estranha doçura das feridas.

*

Estávamos só nós dois sobre a cisterna, eu e o gato, observando o sol que se ia. Ele acabara de matar um rato, a seguir passara-lhe por cima com as patas almofadadas, como se já o tivesse esquecido. Eu percebia que o licor de nêveda, tão doce, picava no céu da língua. Perguntávamos se aquele céu era a imagem exata de nós. O caramelo que sublimava as crostas de sangue, as quedas deslumbradas, a luz progressivamente ténue, azulada, a placa de nuvens pequenas e escuras com manchas rosadas entre si. Escutávamos, no interior da casa, rodando sobre linhas finas, um vinil de Chavela Vargas: "a las cosas simples las devora el tiempo".

*

Sonhei no outro dia que cantava num círculo. Por vezes umas vozes vinham à frente, as outras acompanhavam, o coro respondia, aumentava. Sei que sonhava outras respostas para o novo e mais difícil, sei que sonhava com cura, metáforas de raízes que nos abrissem amplamente os braços.

*

Então, cantávamos. As vozes subiam ao longe, atravessavam as árvores e pareciam perder-se. Havia prata subindo em pó pela noite, eu sonhava que todas as pestes se evaporavam como um eclipse e que tu estavas junto a mim. Um pequeno cavalo branco de pelo sujo veio encostar a cabeça aos meus joelhos, rosas carnívoras comeram a casca dos insetos e depois deitaram-se ao sol.

*

Estás numa estrada e viras-te. Tudo muda. Viras-te de novo, agora cento e oitenta graus. Vês, a beleza a virar-se, a olhar-te de frente?

*

Um dia, já tinha muitos anos,
reencontrei a minha alegria pura, inicial.
— Onde estiveste? — perguntei.
— Dentro de ti. Em que outro lugar poderia estar?

Judite Canha Fernandes é escritora e dramaturga. Nasceu em 1971, no Funchal, cresceu nos Açores e desde 2015 vive em Lisboa.

SEGUNDA EDIÇÃO
–PRIMAVERA-OUTONO –
BARREIRO/COTIA
MMXXIII